PROJET

D'UN

NOUVEAU THÉATRE

PAR

EUGÈNE MINOT.

PRIX : 1 Franc.

« Je suis fils de ce siècle ! »
Victor Hugo.

« Le peuple a droit à des heures
de réjouissance ; mais il faut qu'il
sache les régler. »
E. M.

PARIS

LEDOYEN, LIBRAIRE-ÉDITEUR,
Palais-Royal, 31, galerie d'Orléans.

1863

PROJET

D'UN

NOUVEAU THÉATRE

CHARLEVILLE

TYPOGRAPHIE ET LITHOGRAPHIE DE A. POUILLARD.

PROJET

D'UN

NOUVEAU THÉATRE

PAR

EUGÈNE MINOT.

PRIX : 1 FRANC.

> « Je suis fils de ce siècle ! »
> VICTOR HUGO.

> « Le peuple a droit à des heures
> de réjouissance ; mais il faut qu'il
> sache les régler. »
> E. M.

PARIS

LEDOYEN, LIBRAIRE-ÉDITEUR,

Palais-Royal, 31, galerie d'Orléans.

—

1863

PROJET

D'UN NOUVEAU THÉATRE

« Je suis fils de ce siècle ! »
VICTOR HUGO.

I.

On s'accorde à reconnaître que l'esprit parisien représente la quintessence de l'esprit français.

En matière de politique, de littérature et de beaux-arts, c'est toujours Paris, en effet, qui impose ses idées à la France et même souvent au monde entier.

Eh bien ! dans une époque où cette grande ville se dépouille de ses anciennes laideurs pour ne se revêtir que de magnificences, lorsque le culte du beau semble avoir pénétré dans toutes les classes, ne serait-ce pas une tâche bien noble, pour celui qui a reçu de Dieu le génie de l'éloquence, de tenter à son tour de compléter l'œuvre en inspirant le plus possible le culte du bien?

Quant à nous, malheureusement, nous ne sommes ni écrivain ni orateur; nous n'avons pour servir d'organe à nos pensées, ni journal ni tribune ; mais quelque faible influence que puisse avoir une simple brochure condamnée à l'avance à une publicité restreinte, comme il est vrai qu'il n'y a de pierre, si petite qu'elle soit, qui n'ait son utilité dans l'édification d'un monument, nous n'hésitons pas à signaler ici les moyens qui nous paraissent propres à créer une voie facile de moralisation.

Oui, certes! dès l'heure présente, chacun a le droit d'être fier d'appartenir au dix-neuvième siècle. Ce siècle restera toujours dans la mémoire de la postérité comme un gage éclatant de l'intelligence humaine. Depuis une cinquantaine d'années la science et l'industrie ont passé chez nous par les étapes les plus glorieuses.

Mais, au point de vue purement moral, et abstraction faite de la conquête de cette dignité que les esclaves de tous pays nous envient, reconnaissons à notre honte que nous sommes restés stationnaires. Ne sommes-nous pas effectivement toujours tourmentés par les mêmes passions, par les mêmes vices?

Quelques-uns trouvent commode de répondre à cela que le mal a sa nécessité et subsistera éternellement. A ces apôtres de la fatalité conseillons chaleureusement la lecture de la fable qui renferme cette morale : « *Aide-toi, le Ciel t'aidera.* »

Nous, qui n'avons pour toute fortune que notre jeunesse, nous nous emparons avec avidité de toutes les douces consolations qu'elle nous inspire. Nargue aux tartufes, aux pédants, aux vieux entêtés! Nous sommes de ceux qui ont la conviction que l'homme a progressé et qu'il progressera encore. La perfectibilité n'est pas une chimère; s'il doit se passer des millions d'années avant que nous ayons le bonheur d'y atteindre, qu'importe! Ayons foi en cette perfectibilité! Fortifions-nous réciproquement par l'espérance. Et honneur, cent fois honneur à celui qui saura accélérer la marche commune!

II.

Voulez-vous étudier les mœurs d'un pays ?
Commencez par observer ses amusements.

Pour apprécier les mœurs parisiennes ,
voyagez à travers Paris, en prenant surtout
pour stations les bals, les spectacles, les ca-
fés, les concerts ou les simulacres de concert.

Le peuple a droit à des heures de réjouissance ; mais il faut qu'il sache les régler.

Promenez-vous, par exemple, le soir d'un
dimanche, le long des boulevards, dits exté-
rieurs, depuis les Ternes jusqu'à Belleville.
Vous rencontrerez cinq cents établissements
qui vous attesteront suffisamment jusqu'à
quel point les récréations mal entendues dé-
génèrent en orgies.

Mais les amusements qui ont le plus d'at-
trait pour la masse , ce sont à coup sûr les
spectacles.

Au sujet de l'influence du théâtre sur la
classe ouvrière, nous avons eu la bonne fortune d'entendre, l'hiver dernier, dans l'hé-
micycle de l'Ecole de Médecine , un très-
beau discours de M. Edouard Thierry, l'ha-

bile administrateur de la Comédie-Française. Le tort unique de l'ex-journaliste a peut-être été de n'avoir pas assez oublié sa qualité directoriale. Sans cela il aurait pu certainement trouver des aperçus plus neufs. Après avoir vanté outre mesure la portée morale de nos chefs-d'œuvre classiques, dont la plupart ne sont, à vrai dire, des chefs-d'œuvre qu'au seul point de vue de la forme, M. Edouard Thierry ne pouvait terminer son discours que par une invitation au public à aller remplir le mieux possible le coffre-fort de MM. les sociétaires du *premier théâtre du monde*.

Quant à nous, nous avançons, sans plus de préambule, que l'érection d'un nouveau théâtre à Paris est devenue aujourd'hui un besoin.

Ne nous parlez pas des deux théâtres de la place du Châtelet, ni de celui du square des Arts-et-Métiers, ni de l'Opéra du boulevard des Capucines.

Par théâtre *nouveau*, nous n'entendons pas précisément un amas plus ou moins élégant de pierres de taille *nouvelles*, mais bien un nouveau théâtre sous le triple rapport de la construction, du répertoire et du mode d'administration.

Lamennais a dit quelque part : « Otez un petit nombre de privilégiés ensevelis dans la pure jouissance, le peuple, c'est le genre humain. »

LE THÉATRE DU PEUPLE.

Telle est la dénomination que l'on pourrait donner au théâtre dont nous soumettons en ce moment le projet au bon sens de nos contemporains.

III.

Que les théâtres actuels continuent à subsister avec leur bagage plus ou moins équivoque, nous ne nous y opposons pas, et pour cause.

Le temps seul agira.

Notre vœu, c'est la création d'un théâtre qui favorise la venue d'une nouvelle ère dramatique. Le moment n'est-il pas propice? M. le ministre d'Etat ne constatait-il pas encore tout récemment la décadence où se trouve enrayé le premier des arts? N'avons-nous plus d'écrivains de génie, ou bien s'obstinent-ils pour une fausse raison à rester à l'écart? L'Académie sera-t-elle donc toujours embarrassée au sujet de la destination de son fameux prix décerné à l'œuvre dramatique la plus morale?

Le manque de bonnes pièces de théâtre n'est pas tant une conséquence de la sévérité de la censure, ainsi qu'on a bien voulu le dire, que de l'absence à Paris d'un théâtre qui puisse s'appeler raisonnablement l'*Ecole des mœurs*.

Sur cette question de savoir si le théâtre doit être ou non l'école des mœurs, nous avons entendu seuvent de longues dissertations.

A celui qui nous demànderait si jusqu'à ce jour le théâtre a été l'école des mœurs, nous répondrions : Non, cent fois non !

Ecoutons du reste à ce sujet M. Jules Janin, un maître : « Les mœurs ! les mœurs ! s'écrie-t-il, jamais le théâtre n'a été l'école des mœurs. Le théâtre, au contraire, c'est la représentation exagérée, ensanglantée et fanatisée des grandes catastrophes, des grands vices, des grands meurtres, des grands crimes, des grandes trahisons, des grands empoisonnements, des grands coups de poignard de l'histoire. Le théâtre, c'est l'histoire des vices, des passions, des amours, des haines, des ambitions, des faiblesses du cœur de l'homme..... Voilà comment le théâtre est l'école des mœurs. Il éveille les jeunes passions, il réveille les vieilles passions; il est le délire du jeune homme, il est le regret du vieillard; il n'agit qu'en flattant tous les mauvais penchants, en excitant toutes les mauvaises pensées, en charmant tous les instincts indiscrets du cœur. »

Eh bien ! pourquoi le théâtre ne se transformerait-il pas enfin en école de mœurs ? Vous objecterez à cela qu'il est impossible d'être véritablement auteur dramatique sans mettre en jeu nos vices et nos passions. Qu'importe, si vous mettez dans la bouche de la majorité des personnages que vous faites agir un langage assez noble, assez élevé, assez énergique pour échauffer mon âme et élargir l'horizon de mon intelligence ! Faire replier l'esprit humain sur lui-même, éviter de le stupéfier par des émotions trop violentes, électriser la foule par des sentiments profondément généreux, enraciner au cœur de chacun l'aversion pour tout ce qui est bassesse et souillure, louer sans relâche l'amour du beau et du bien, rendre à l'homme toute la noblesse et toute la fierté qui lui appartient... voilà la tâche du véritable auteur dramatique.

Son œuvre doit être jetée au feu, si les spectateurs en quittant la salle ne se sentent pas meilleurs.

IV.

S'il nous était permis d'arborer une bannière, nous tracerions trois mots :

« *Lumière, Civilisation, Liberté.* »

La civilisation est une conséquence de l'instruction comme la liberté est le résultat de la civilisation.

M. Cousin l'a fort bien dit : « La première source de la misère et du vice est l'ignorance. » L'ignorant, s'il ne reçoit pas d'En-Haut la grâce de sortir de sa nuit, loin de murmurer, doit s'estimer heureux d'avoir un frein qui le conduise.

Or, malgré les vaillantes tentatives de quelques génies de notre temps, le soleil de la vérité ne luit pas encore pour tout le monde.

Alors que sous le triple courant des canaux, des chemins de fer et des télégraphes, les améliorations matérielles se propagent avec rapidité jusque dans les provinces les plus reculées, le développement intellectuel semble avoir au contraire suspendu son essor. Dans cette France tant aimée, on se sent attristé malgré soi en voyant que, même sur les questions qui touchent le plus intimement aux destinées de l'homme, on ne heurte à chaque pas que scepticisme outré, foi aveugle ou indifférence absolue.

La réalisation du projet qui nous préoccupe doterait la nation d'un phare propre à dissiper bien des ténèbres.

V.

Avec la désinvolture et la fanfaronnade qui nous sont habituelles, Welches légers, nous nous posons fièrement en gens civilisés.

Et nous nous empoisonnons par l'absinthe absolument comme les adeptes de Confucius s'empoisonnent par l'opium !

Et dans des époques d'extrême tolérance nous avons conspué nos rois !

Et nous corrompons deux cent mille de nos filles ! Et ces pauvres victimes de notre brutalité, si nous ne leur donnons des équipages pour éclabousser nos femmes légitimes, iront peupler des maisons de débauche, où, tôt ou tard, les lèvres rouges de lie, nous irons les rejoindre en nous corrompant à notre tour !

Et nous avons encore une infinité de faux-dieux !

Et nous ne nous délectons qu'à des refrains stupides ; et nous affectionnons les romans qui enseignent le crime ; et nous sommes friands à l'excès des photographies prohibées ; et nous ne nous sentons pas d'aise au

spectacle des marionnettes les plus bouf-
fonnes, les plus tristes, et surtout les plus
immorales !

Vienne, vienne donc le poète dramatique
avec toute l'énergie, avec toute l'indignation
d'un homme de cœur, fustiger sans pitié les
inutiles, les séducteurs, les superstitieux, les
esprits forts, les fats, les traîtres, les utopistes,
les saltimbanques de toutes classes, les femmes étourdies, les gens qui abusent de leur
fortune et de leur pouvoir, les marchands
d'amour, de gloire ou de santé.... Vienne le
poète dramatique exalter, dans des scènes
puissantes et pathétiques, le travail, le désin-
téressement, le patriotisme, la philanthropie,
le courage en face de l'adversité, les chastes
amours, la vertu triomphante au sein des
orages du foyer domestique..... Alors.....
Désormais, au lieu d'avoir honte d'applaudir,
les chevaliers du lustre étant impitoyable-
ment proscrits du nouveau théâtre, le public,
ce *monstre aux mille têtes,* toujours si facile
à émouvoir par des accents justes, sincères,
battrait des mains avec transport à la voix
éloquente qui lui aurait fait faire un pas de
plus dans la voie de la civilisation vers la

terre promise de la liberté ! Bientôt nous abandonnerions pour toujours les empoisonnements de la taverne, les chansons cyniques du carrefour et les saturnales des prêtresses de Vénus. Nous ne laisserions plus qu'aux hébétés les jouissances des tableaux chorégraphiques et fantasmagoriques, aux oisifs abâtardis les cabrioles des hippodromes, aux jeunes fous les calembourgs des vaudevilles, aux vicieux dorés les théâtres-lupanars, au demi-monde les scènes du demi-monde, aux hommes d'études les antiquités de l'Odéon et de la Comédie-Française, aux grisettes les sanglantes invraisemblances du mélodrame.....

Et quand l'étranger affairé, qui veut se former promptement une idée à peu près exacte de notre caractère national, nous demanderait à quel théâtre il doit de préférence consacrer ses quelques heures de passage, nous n'aurions plus à hésiter comme par le passé. Nous lui répondrions sur-le-champ : allez au *Théâtre du Peuple !*

VI.

Le *Théâtre du Peuple* contiendrait environ cinq mille places. Leurs prix ne dépasseraient pas la moitié de ceux des théâtres actuels.

Le *Théâtre du Peuple* ne serait ni une chaire ni une tribune. Néanmoins le spectateur y apprendrait à connaître ses devoirs et ses droits. Au théâtre on ne peut pas souffrir l'austérité d'un temple ni d'une école. Fidèle aux traditions de la vieille gaîté gauloise, moins la licence, le poète comique devrait s'attacher avec soin à ne revêtir jamais la morale que des couleurs les plus attrayantes.

Les fonds nécessaires à l'édification du *Théâtre du Peuple* pourraient être recueillis sous les auspices du gouvernement, à l'aide d'une souscription nationale. Les théâtres de province ne devant leur existence qu'aux pièces jouées préalablement à Paris, les départements sont tout aussi intéressés que la capitale à ce qu'il soit fourni à l'art dramatique une occasion de sortir triomphalement de son état maladif. D'ailleurs ne peut-on pas considérer dès à présent les départements comme de véritables faubourgs de la grande ville?

Voici la question de répertoire, et c'est évidemment la plus importante :

Il s'agit de faire appel à tous les écrivains éminents qui illustrent notre belle patrie, à ceux-là précisément qui, pour une cause ou pour l'autre, sont restés jusqu'ici en dehors du monde dramatique. Faisons-leur tout de suite entendre qu'ils ne trouveront pas au nouveau théâtre les difficultés matérielles et les injustices qui abondent ailleurs.

La presse parisienne et la presse départementale comptent un grand nombre de joûteurs parfaitement doués : hommes d'esprit, d'observation, de verve, de causticité, de finesse, d'énergie, de passion, toutes qualités scéniques. — Qu'ils se fassent un devoir de consacrer au moins une partie de leurs veilles au *Théâtre du Peuple!* — Parmi les deux mille jeunes gens qui s'apprêtent à lutter avec l'aiguillon de leur plume, que quelques-uns, saisis du feu sacré, accourent se disputer les palmes dans notre tournoi littéraire! — Que les deux ou trois auteurs dramatiques que nous possédons actuellement se décident enfin à ne plus se vouer corps et âme qu'à des pièces qui aient une véritable portée civilisatrice !

Travaillez, étudiez, combattez, penseurs du présent et de l'avenir. La croisade qui porte pour enseigne « Progrès » sera dans tous les temps la plus glorieuse ! — Apportez vos œuvres. Avant de les livrer au grand jour de la rampe, elles seront appréciées par une réunion d'hommes dévoués à votre cause, littérateurs, industriels, commerçants, etc. Au sein d'un jury placé à la tête du théâtre du peuple français (théâtre qui deviendra, lui, *le premier théâtre du globe*), l'impartialité seule devra régner. Ayez le génie et la foi. Ayez un noble but. Sachez comprendre votre mission, et le bon sens, fraternisant avec l'art, sera toujours heureux de vous applaudir.....

Mais voilà qu'enthousiasmé par la splendeur de nos propres rêves, nous nous figurons déjà qu'ils seront réalisés demain.

Et peut-être que ce ne seront jamais que des rêves !

VII.

Il nous resterait beaucoup de questions à examiner au sujet du théâtre dont nous désirons l'existence. Mais on comprend aisément que ces quelques pages, mal coordonnées, ne constituent qu'une simple ébauche.

Toutefois, ajoutons tout de suite que le *Théâtre du Peuple* pourrait recevoir différentes destinations, qui, quoique étrangères au spectacle proprement dit, n'en auraient pas moins sérieusement leur raison d'être.

Voici trois exemples :

1° Les conférences de l'association polytechnique, qui ont lieu depuis deux ans au petit amphithéâtre de l'Ecole de Médecine, y pourraient donner accès à un auditoire beaucoup plus nombreux;

2° Les *Concerts populaires*, inaugurés au Cirque Napoléon, trouveraient tout naturellement droit de cité dans la salle du *Théâtre du Peuple*.

3° Enfin les sociétés philharmoniques (orphéonistes et instrumentistes) s'y donneraient rendez-vous de tous les coins de la France pour concourir à d'autres concerts au profit des classes nécessiteuses.

Selon toute vraisemblance, ce projet d'un *nouveau* théâtre, ainsi que toutes les choses nouvelles, ne sera pas accueilli de la plus grande partie du public avec trop d'enthousiasme. Aussi, pour que notre idée soit rendue féconde, nous prions avec instance MM. les journalistes, en leur adressant à l'avance nos remerciements, de vouloir bien l'examiner et de lui donner les développements qu'elle comporte.

Eugène MINOT.

Paris, octobre 1862.

Charleville, Typ. et Lith. de A. Pouillard. — 7894